KB098547

시간은 두꺼운 베일 같아서
당신을 볼 수 없지만

시간은 두꺼운 베일 같아서
당신을 볼 수 없지만

오늘의 시인 10인
앤솔러지 시집

권민경
김개미
김 안
노국희
손택수
윤의섭
이유운
이재훈
임지은
전영관

교육서가

차례

권민경

시 「어린이 미사 3」 외 3편

2011년 〈동아일보〉 신춘문예로 등단했다.
시집 『베개는 얼마나 많은 꿈을 견뎌냈나요』 『꿈을 꾸지 않기로 했고
그렇게 되었다』, 산문집 『등고선 없는 지도를 쥐고』 『울고 나서 다시
만나』 등이 있다.
제2회 내일의 한국작가상, 제3회 고산문학대상 신인상을 수상했다.

어린이 미사 3
—봉제인형 성당

미사는 공상의 시간

어린 나는 재단과

예수의 죽음을 묵상하는 목판을 바라보며 열심히

공주 공주 숲 호수 밀짚모자 로맨스 재훈 수길 첫 냉이

연산해가는 이미지들

20년 만에 성탄 미사에 갔을 때

성당은 너무 컸고

커서 이상했어

동양 최고고 자시고 숨이 막혔으므로

뛰쳐나와서

이다지도 많은 사람이 한 공간 안에 있어

위험해 위험한 거야

빼곡한 1층과 2층과 2.5층과

연산해가며 지금껏 이어져온 이미지들
끝없는 끝말잇기가
너무 빵빵하다 터질 것처럼

나는 성당에 가고 싶었던 게 아니라 1994년 미사에 잠식하
고 싶었던 모양입니다 향수병처럼 어린 몸뚱이에 참견하고 싶
었던 모양이죠

소녀여 멍청하고 뚱뚱한데 시험공불 안 해도 시험 잘 보던
공상가여 독서가여
고향이여

오래된 성당을 끌어안는 나
비집고 나오는
솜털 같은 상념들 사이에
그분은 안 계신다
그분은, 그분은……
승, 승천했다!

그 시절

좋아하던 만화의 캐치프레이즈:

"믿는 것이 힘이 돼요"

나무의 무쓸모

상수리나무에서 상수리
거기 있을 뿐인
모자

싹이 튼다
싹을 틔운다
도시
사람보다 많은 나무

신도시를 만들 때 부록처럼 조경당했어 일종의 강제 수용
나는 이 세상에 강제로 튀어나와선
자란다
자랐다
꺾일까

계획대로 되지 않는 존재 이유 산아제한 없이 돌림병에 취

약하며 가지치기 가지치기 집값에 민감한

1기 신도시 1기 신도시 2기 신도시 2기 신도시
이십 년 넘게
모자 거기 있다

나무는 쓸모 나는 무쓸모

상수리나무 열매 쪼개지는 동안
박살 나는 하트!
하트!

반지하

세상의 비참한 죽음을 접할 때
내가 죽어버렸어야 한다고 생각한다

가슴을 치는 날이 많다 나는 할머니들처럼 엄마들처럼
운다 다른 방법을
내게 다른 방법을

제발이라는 말보다 진짜라는 말을 쓰면서 쫌이란 말을 쓰
면서
나는 나에게 매달려 있다
내게 다른 방법을

겨우내 차가운 방
밖에선 자꾸 터지는 소리

손이 곱아서 글을 쓸 수 없는 시간

길어진다

가슴을 치는 날들 나는 몸이 아픈 게 아니라서

들어가지 마시오

주인백

주인 없는 나는

차가운 방

주먹이 가슴에 박히고

점점 몸 안으로 끌려 들어가고

들어가지 마시오

거긴 빈방이 분명하지만 가득할 것이다

차갑고 기분 나쁘고 얼어서 터져버리는

독

나는 땅에
땅속에서
누워 있습니다.

시간은 이상하지만
다행이에요
가요 가고 있어요
가만있어도

항아리는 둥글고
안에는 똬리 튼
은팔찌 그리고 귀여운 뱀아

오래 죽이는 땅
가만가만 죽이는 땅
노래는 긴 시간 세상을 떠돌고

여기 누워 되고 싶은 건

누군가 중얼거릴 노래

해치지 않는 노래

무독한 노래

엄마가 어린애한테 불러주고 애인이 씻는 동안 부르는 노래

밤

밤 밤 노래

네 머리는 세모꼴이니? 세모꼴이야?

주문은 완성된다 반복하고 반복하고 반복하면서

세모꼴이야?

중얼거려주세요 나는 시간을 보냅니다

아무것도 안 하고 안 하고

땅속에 묻어놓은 은팔찌

발견하는 날

반짝하고 불러줘요

내가 오래 독을 빼고 있던

오늘보다 내일 더 가만히

사라지던 마음을

김개미

시「엄마의 종교는 소금물」외 4편

2005년 〈시와 반시〉로 등단했다.
시집『앵무새 재우기』『자면서도 다 듣는 애인아』『악마는 어디서 게으름을 피우는가』『작은 신』등이 있다.

엄마의 종교는 소금물

엄마의 신은
바위 밑에도
우물가에도
장독대에도 있었지만
엄마의 종교는 소금물 같았다

엄마는 소금물에 손을 담그고
소금물을 등에 끼얹고
소금물에 몸을 씻었다

보건소에서도
한의원에서도
지금은 없어진 강변 종합병원에서도
엄마는 병명을 얻어 오지 못했다

내 고향에선

병명 없이 아픈 여자들이 수두룩했는데
할머니도 그중 한 사람이어서
나도 커서 그런 사람이 될까봐 무서웠다

엄마는 자다가 소리를 지르고
새벽까지 눈을 뜨고 웅크리고
아무것도 안 먹고 저녁까지 있는 날이 많았다

나는 엄마 대신
엄마 신을 찾아가
물을 떠놓고
밥을 퍼놓고
옥수수를 갖다놓았지만
엄마의 신은 엄마의 신이라서
내 제물은 받지 않았다

그래도 우리 집 소금독에는
언제나 굵고 하얀 소금이 가득하고
소금을 얻어 올 이웃도 많아서
나는 아주 슬프지는 않았다

이제 나도 와인과 산책을 추구할 때가 되었다*

자괴는 능력 있는 자들의 후회
권태는 행복한 자들의 불행
기도는 신을 믿는 자들의 불안

이제 나도
낡은 옷을 입은 조그맣고 못생긴 나를
나의 대표로 인정할 때가 되었다

돌이켜보면
실수는 잘난 내가 저질렀다
넘어지고 끝까지 우는 못난 나는
모든 나를 데리고 여기까지 왔다

이제 나도
나 아닌 사람 일로
밤새도록 아무 일도 하지 않으면서

물어보기만 하는 바보짓을 그만둘 때가 되었다

따지고 보면
대부분 무슨 일이 일어나서가 아니라
무슨 일이 일어날까봐 힘들었다

이제 나도
고뇌에서 고독으로 이사할 때가 되었다

생각해보면
미토콘드리아가 괜찮지 않다 그러는데
잘난 내가 괜찮다고 머리를 두드리면서 중얼거리면서
못난 나와 미토콘드리아를 속이고 묶고 배신했다

이제 나도
와인과 산책을 추구할 때가 되었다
마음먹은 나에게 섭리라면 이게 섭리다

영원한 천사는 없다
힘을 빼야 힘이 생긴다

쌍둥이도 외롭다

---

* 영화 〈나를 책임져, 알피〉(2005)의 대사 "내가 추구하는 것은 와인과 여자"에서
가져옴.

그런데 맨발이었나

아직도 한낮이면
달궈진 바위 위에 나를 눕혀놓고 웃던
미친 태양의 소리를 듣는다

그 여름
내가 무얼 잘못했을까
해변으로 걸어가면서 너에게 졸라댔던 결혼
그게 잘못이었을까
하지만 난 내 진짜 결혼보다
장난으로 한 그 결혼이
더 마음에 들었다

또 혼자다
누군가와 한 공간에 있을 때 잠시
같이 있다 착각할 뿐
그렇지만 이런 말은 아무에게도 안 한다

내가 입을 열면

조언하는 사람들이 막 생겨나니까

조언할 만한 사람들은 조용해서

결국 자격을 갖춘 사람에게서는 아무 말도 못 듣는다

오늘은 손목이 안 아프다

너에 대해 쓸 수 있는 힘이 있지만

나에 대한 폭로 없이 너에 대한 폭로가 가능하지 않고

나에겐 아직도 네가 필요하다

누구나 좋은 사람은 필요하니까

나쁜 사람에게조차 필요하니까

언젠가 네가 내게 먹인 나뭇가지 맛은 신맛이었다

그걸 먹고 내가 찡그릴 때

나를 웃기려고 네가 했던 말

군인들이 왜 총에 맞는지 알아?

총을 들고 있어서야

그 이후로 그보다 좋은 농담을 못 들었다

내려가야겠다

지붕 위도 오래 있으니 땅 같다

잠이 오고 배가 고프다

인형의 나라

인형의 나라에 가고 싶단 생각을 아주 오랫동안 했어요
외향적인 것이 미덕이고 내향적인 것은 병인
이곳이 싫어요

내가 문을 열지 않으면
집도 정원도 가구도 사람도 잠들어 있는 인형의 나라에는
고요가 남아돌아요

나는 인형의 나라에 신으로 갈 뿐
인간으로 가지 못해요
신이 되면 왜 인간이 되고 싶을까요?

나는 빨간 지붕과 초록 정원을 내려다볼 수 있고
집 안에서 일어나는 모든 일을 일어나기 전에 알아요
그것에 비하면 인형들을 재우거나 죽이는 건 아무것도 아
니에요

그렇지만 나는 신이라서 걸어 다니지 못해요
의자에 앉을 수 없고 풀밭에 누울 수 없고
집 안으로 들어갈 수 없고 넘어질 수 없어요

내가 환한 아침에 신이 되든 울적한 저녁에 신이 되든
한 사람이 말하면 나머지는 움직이지 않고 집중해서 듣는
흔들리지 않는 그곳의 규칙

인형의 나라에 가고 싶어요
손가락으로만 모든 일을 하는 자가 전능하다는 건 알지만
모든 걸 마음대로 할 수 있게 되면 얼마 못 가 모든 게 시시
해져요

빗살무늬 아래 평평한 시간

둥그스름하고 매끄러운 바위들
조그만 물고기들이 바람에 날리는 꽃잎처럼
주변을 돌고 있어

나는 인어처럼 여기 앉아 있어
나 말고는 사람이 없고
나처럼 큰 물고기도 없어서
나는 싸우지 않는단다

다툼이 없는 생활을 그토록 갈망했는데
다시 생각해도 다시 돌아가고 싶지 않은
예전의 불안정한 내가 자주 생각나

가만히 앉아 있어도 하루에 세 번
머리 위에서 빵이 내려올 때
너는 기분이 어땠니?

물결이 나를 흔들지 않으니

내가 가끔 일어나서

커다란 팔과 다리를 움직여 물을 흔들어

여기선 나만 가만히 있으면

아무 일도 없어

불빛이 발바닥까지 와서 어룽대지만

밤인지 낮인지 모르겠어

여긴 비가 와도 눈이 와도 은은하고 화사하거든

하루에 일곱 번도 자고 열두 번도 자

나를 물어뜯을 사나운 물고기가 없는데

또 손가락이 엉망이네

이마 위에서

낚싯바늘이 내려오는 상상을 해야겠어

김안

시 「Libera Me」 외 3편

2004년 〈현대시〉로 등단했다. 인하대학교 한국어문학과 및 동대학원 박사 과정을 졸업했다.
시집으로 『오빠생각』 『미제레레』 『아무는 밤』이 있다.
제5회 김구용시문학상, 제19회 현대시작품상, 제7회 딩아돌하작품상을 수상했다.

Libera Me

엄마는 들리지 않게 내게 말하곤 했지. 이제 그만 나와, 나오라고, 나오지 못하겠냐고, 성난 마음으로 만든 방에서, 서럽고 징그러운 방에서. 세상의 기름으로 짜낸, 보이지 않는 늙은 천사의 하얀 날개에서 짜낸 밥 먹으면서도 어리석게도 말이야, 나는 그렇게…. 지금 와 생각해보면 보이지 않는 저 고요한 불 속에 들어가 쉬면 될 것을, 불 속에서 보다 아름다운 질문을 고민하면 될 것을, 그 시절에는 어리석게도 내가 지옥이어서, 몇 차례인가 몸을 버리려고 했지. 계절도 없이 회색뿐인 부끄러움과 수치의 원환 속으로, 그 파문 속으로. 마치 벼랑이 닥쳐오고 있는 듯이. 하긴 나이를 먹어도 여전히 제 앞가림 못하는 것은 매한가지인지라. 계절을 착각해 잘못 깨어난 개구리 소식, 계절을 착각해 움 틔운 자목련 소식 들려오는 따뜻한 겨울이 계속되고, 나는 성난 마음을 숨기고 누워 있는데,

세상에 이런 겨울도 있다냐,
머리 위 붉은 눈 털며 어머니 들어오신다.

철없게

활활 눈이 내린다.

문학 특강

감당할 수 있을는지 모르겠습니다. 예견되어 있다고 하더라도, 불행은 언제나 더 큽니다. 세상의 모든 일이 그러하죠. 늘 우리의 예상을 넘어서 있는 것. 현실은, 현실의 고통은 그 초과분에서부터 시작합니다. 우리가 밤보다 더 깊고 푸르게 격렬해지는 까닭입니다. 그래봤자, 그건 누군가에겐 건반이 없는 피아노가 내는 소리에 불과할 테죠. 죽은 후 불꽃이 되어 숲을 기어다녀도, 불이 붙지 않을 것입니다.

시인은 여기까지 이야기한 후 객석을 살폈다. 객석에는 차가운 뒤통수들만 가득했다. 잠시 숨을 고른 후, 생각에 잠겨 있던 시인은 얼굴을 감싸 쥐고 있는 힘껏 울기 시작했다. 이 세상에 자기보다 가여운 것이 없다는 듯, 시라는 것이 물속의 말인 듯. 그러나 그에게 허락된 것은 그저 흐르지도 멈추지도 않는 물뿐이었다. 시인은 잠시 울음을 멈추고 양손을 책상 위에 내려놓으려 하는데, 도통 얼굴에서 손이 떨어지질 않았다. 아무것도 흐르지 않은 탓이었다. 어찌할 바를 모르는 시인은 두려움에 몸을 떨었고, 객석의 뒤통수들이 키득거리기

시작했다.

가짜가 진짜가 될 때, 현실의 초과 영역으로부터 불행이 시작될 때, 그는 고통 속에 더욱 격렬하게 몸을 뒤흔들었다, 과장의 포에틱, 최대치의 포에틱이란 이런 것이라고 외치듯, 온몸이 불덩어리가 된 듯, 시라는 것이 불 속에서 건진 뼈 조각인 듯. 객석의 뒤통수들은 시인이 이것을 감당할 수 있을지 궁금해하며 고개를 돌렸다. 흰빛을 발하는 거대한 외눈들이었다. 타오르지 않는 숲에서의 일이었다.

신호수

옛 얼굴을 뒤집어쓰고 서 있네. 여기에서, 지금에서 벗어날 수가 없으니 나는 그저 내 얼굴을 바꿀 뿐이지. 계절은 더없이 푸르고 눈부셔서 서로를 쳐다보지 않네. 사람들은 시끄럽고 몇몇은 개새끼들이네. 나는 알고 있네. 실은 옛날에도 똑같이 남루했어. 그런데 옛날은 왜 갈수록 음흉해지는 걸까. 몸에 밴 습관들처럼 더더 남몰래 숨는 것. 새로운 일을 시작했네. 신호수. 노란 조끼를 입고 서 있지. 나는 이 계절이 마음에 들지 않지만, 이 일은 기다리는 것이 전부니 내게는 천직이네. 서 있는 것이 중요하지. 웅크리면 몸속 가시가 솟아날 것 같아서 글 따위는 쓰지 않은 지 오래네. 더 이상 이 남루를 어떻게 말할 수 있을까, 이 지독한 리듬을 어떻게 만들어낼 수 있을까 고민하지 않아도 되지. 대관절 누가 보겠나. 옛 얼굴을 뒤집어쓰고 있으면 지금은 속겁만 같이 느껴져 음탕하고 과잉된 옛날이 나를 설득하지. 이제 짐승이 살고 나무가 죽어가고 계절이 오는 몸은 없다고, 눈떠보니 사람이었듯 이 몸에는 아무것도 살고 있지 않다고 말이야. 그것이 아주 먼

현재의 일이었듯이, 난 잊었네, 잊었으니 난 나를 알아볼 수
있을까.

만물

간밤에 폭우가 있었어.

온밤 꼬박 새우고

집 앞 천변에 나와 당신이 돌아올 길 바라보고 있지.

성난 물을 따라 물컹한 벽돌,

물에 녹슨 사슬에 발목이 엉킨 새끼 고양이,

붉은 발바닥을 힘껏 오므린 꽃잎,

대책 없이 머리 흰 이들이 버린 초록 병들만 떠가고,

동네 사람들 무리를 만들어 모여 앉아 물 구경하고.

물소리도 없이 당신 소식도 없이

혀가 귀보다 많은 옆집 노인의 목소리만 쩌렁쩌렁 울리는

흐린 아침,

천 갈래 만 갈래

나뭇가지들 바람의 목울대 움켜쥔 채 흔들어대고

목울대 뜯겨나간 성난 바람이 하나둘 그들을 삼킬 때쯤

이면

응달 속에서 풀잎 냄새가 올라와.

때론 시간은 두꺼운 베일 같아서 당신을 볼 수 없지만,

나는 그 너머에서 풍기는 당신의 손목 냄새도 맡을 수 있지.

봐, 푸른 풀잎 위에 가만히 누우면

나는 아주 잠시 당신의 손목을 움켜잡을 수도 있어.

미지근하고 고요하게

내 손등은 순식간에 푸른 물 들고

폭우 쏟아지고

머리카락 붉게 풀어지고

내 옆에는 죽은 나무들 나란히 놓여 흘러가고—

노국희

시 「무빙 이미지」 외 4편

2016년 〈한국일보〉 신춘문예로 등단했다.

시집 『moonbow』가 있다.

무빙 이미지

계절과 계절 사이에는 비가 내린다
어떤 절취선처럼

시간의 겹을 더는 들추지 않는다
달리는 동안은 살아 있다는 감각으로

고사리 동그랗게 말린 어린순
소용돌이 미래를 말하는
단어를 그가 건넸다

선물처럼 쥐고 온 낱말을
어느 모퉁이를 돌다 떨어뜨린 걸까

단어는 사라지고 장면은 남아
기억은 달린다 오늘을

독수리 둥지가 비를 맞는다

아침달이 떠 있다
서로 다른 방향으로 비행기 두 대가
달로부터 멀어지고 있다

근린공원, 5 am

흰 빛깔의 옷을 입고 너는 여전히 홀로 춤을 추고
있구나 먼 곳에서 문장이 날아들었다 벌새가 꽃잎
속으로 부리를 내린다 공중에서 일시 정지한 채 열중해
있다 힘찬 날갯짓 무리 지어 살지 않는 작은 새의
하루를 살아볼까 하루하루 해져가는 코트 자락을
앞세워 걷고 있다 그녀는 공원 벤치에 아침이 닿기 전
서둘러 잠자리를 정리한다 정처 없다 오늘도 시선을
피하지만 마주치는 마음은 별수 없다 그녀의 한 손에
들린 기내용 트렁크가 벌어진다 쏟아져 나오는 이웃들
명백한 장면을 투명하게 지나치고 있다

나탈리

앙상한 가로수 아래 검은 우산이 펼쳐진다
새처럼 여자는 앉아 있다
하루를 잠깐처럼

먼 미래 혹은
먼 과거를 내다보며

얼마가 더 지나야
날 수 있는지 묻는 표정으로

쇼핑 카트 안에 일생이
구겨 담겨 있다

알 길 없는 흐름이 시간에 묶였다

집이 되어가는 육체는

하루의 질량을 더한다

마지막 악수를 청하며
나탈리가 물었다

어쩌다 사람들이 길에서 자고 있는지

덤불 아래서
까만 발이 삐져나왔다

아인슈타인처럼

활공하는 새가 된다
내리막을 활강할 때는

오로지 전방을 주시하는 일
자전거 안장 위에서 배웠다

아슬아슬 해수면에 닿을 듯 날아가는
펠리컨 무리의 마지막 주자가 된다

호주머니에 손을 넣고 달리는 라이더에게
어떻게 균형을 만드는지 물었을 때

일종의 삶의 감각이야
그는 농담처럼 말했지만 끄덕였다

페달링의 리듬에 맞춰

굳은 생각들이 움직인다

래칫 소리가 한 번씩
머릿속을 환기한다

앞사람이 왼손을 내어 수신호를 보낸다
잘 가요 펠리컨

한쪽 날개를 펼친다

무빙 이미지

사람들은 대체로 먼 거리를 날아왔다

눈앞에 보이는 다리가
얼마나 멀리 있는지 묻는다

다리가 만드는 풍경은 엽서처럼
고정되어 있지 않아서 즐거운지

사람들은 시선을 쌓아간다

지난밤 폭풍이 만들고 잊은
물웅덩이를 두 사람이 내려다본다

카메라에 포착하고 여러 각도에서
시간을 기록하고 있다

주요 단어를 찾아낸 사립 탐정들처럼
오래 서성이는 실루엣은 풍경이 된다

두 사람을 이어 멀리 배경으로 놓은
다리의 휴먼 버전을 만들어본다

아름다운 현장이었다
다리의 아침만큼

손택수

시 「귀」 외 3편

1998년 〈한국일보〉(시)와 〈국제신문〉(동시) 신춘문예에 당선되면서
작품 활동을 시작했다.
시집으로 『나무의 수사학』 『붉은빛이 여전합니까』 『어떤 슬픔은 함
께할 수 없다』 등이 있다.
제13회 노작문학상, 제2회 조태일문학상을 수상했다.

귀

선로에 귀를 붙이면 내 귀에도 바퀴가 달렸다 산을 넘어왔는지, 강을 건너고 있는지 희미한 바퀴 소리 따라 내 귀도 길고 긴 터널이 되었다 기다리던 기차가 지나가면 꼬리가 사라지고 기적 소리도 더는 들리지 않을 때까지 손을 흔들어주었다 그건 내가 내게 흔드는 손짓이었다

나는 그 자세 그대로 가슴팍에 귀를 대고 멈춰버린 심장 박동 소리를 들었다 그 옛날 산 너머 강 너머의 먼 바퀴 소리를 당겨 듣던 소년처럼

자작나무 통신

빛이 사라진 뒤에도 빛은 있어야겠기에 거기에 자작나무가
있다
　내게 없는 당신이 여전히 내게 머물고 있는 걸 알게 하기 위해
　묻어놓고 간 것이 저 나무가 아닌가 한다
　인제 기린면을 지날 땐
　내가 알 수 없는 무엇이 숲을 향해 뻗어간다
　일생을 보이는 것보다
　보이지 않는 것을 더 많이 찾아다녀서
　상처가 되었다면, 숲에선 헐벗음도 가난도 다 백야의 빛이다
　붕대처럼 감아놓은 수피에 엽서를 쓰던 사람들의 이야기는
　잎을 떨구고 떨구면서 드높아진 가지 끝의 새소리와 같아서

　그 숲에서 나는 마주하였다
　떨어져나간 둥치마다 온 숲을 채운 눈빛들을

물의 선원

물을 받아놓은 욕조 바닥에 까만 흙알갱이들이 깔려 있다
흔들면 자취도 없이 숨어버릴 미세한 흙이다
자신이 저런 이물질을 품고 있었다는 것이
도무지 믿어지지 않는다는 듯다 물은
이 투명을 견딜 수가 없다
오직 흐름 속에만, 끝없는 출렁임 속에만 자신을
맡겨놓고 싶었던 것을
그마저 자신을 망각하는 일이었다니
물은 지금 흙알갱이가 아니라
자신이 께름칙한 것이다
여러 단계의 정수시설을 거치는 동안에도
정수되지 않는
저 불투명이야말로 고백 같은 것이 아닌지
눈을 감고 귀를 막고 가라앉는다
흐트러진 물결을 숨결로
흙과 내가 자리를 바꾼다

물결을 가지런히, 깨어지지 않도록

욕조 바닥을 지키고 있는 한 점

풀이 쓰다

풀잎에겐 법이

따로 없다

풀잎의 일생을,

굽이마다의

흔들림을,

피고 지는 순간

순간들의 몸짓을,

법으로 만들 수 없다는 걸

보여주기 위해서

풀에게로 돌아가는 것이

초서草書,

뿐임을 알기 위해서

물론 법은 있다

있어야 마땅하다

누가 선방의 출입금지

팻말을 함부로 넘어가나

주차금지 경적금지

그와는 차원이 다른

금지구역은 있어야겠다

그 너머로의

풀이다 풀로

풀려야 한다

흘려 쓴 획 너머에서도

꽃이 피듯이

개발새발 겨우

풀칠이나 하는

악필인

내 글씨들도 나름

법통이 있다고

윤의섭

시 「파레이돌리아」 외 3편

1994년 〈문학과 사회〉로 등단했다.
시집으로는 『말괄량이 삐삐의 죽음』 『천국의 난민』 『붉은 달은 미친 듯이 궤도를 돈다』 『마계』 『묵시록』 『어디서부터 오는 비인가요』 『내가 다가가도 너는 켜지지 않았다』가 있다.
제2회 사이펀우수작품상, 제5회 딩아돌하우수작품상, 제10회 김구용시문학상 등을 수상했다.

파레이돌리아*

흐느끼는 소리잖아요

너는 바람이 운다고 말했다

나뭇가지에서 사슴의 뿔을 본 적도 있다고

저게 물고기자리

별들을 이어 물고기를 찾아낸 고대인처럼

너는 유리창을 걷어내고 천문을 읽을 줄 안다

야경에는 관심이 없어요 매일 보니까

나는 지상으로 눈길을 돌린다 외로워졌기 때문에

어떤 착각은 집으로 가는 한겨울 눈 쌓인 골목길이 따뜻하
다고 느끼는 것이고

검붉게 번지는 저녁노을을 보며 아름답지 않냐고 동의를
구하는 것이고

안녕하냐고 인사를 건네고 안녕하다고 받는 인사

한적한 식물원에 갔었어

처음 보는 관상목이 웃고 있었지 바오밥나무는 이 행성에
점령지를 넓혀가는 중이었고 나무들 사이로 들어간 아이들은
나오지 않았지 문 닫는 시간까지 나는 혼자서 인류가 사라진
시대에 대해 학습했어

나는 이제 종말이 익숙해 익숙한 건 불행하지 않다는 거지

불행해지고 싶지 않아서 밤하늘에 별자리가 그어졌다
우리에겐 우리 둘만 남았는데
신들의 이야기를 들려주다 너는 잠이 들고
네가 불행해 보여서 나는 불행하지 않았다

---

* Pareidolia(변상증變像症).

저수지를 걷는 사람들

얼어붙은 저수지에 누군가 들어가자
한 명 두 명 뒤따라 든다
깨질지도 모르는데 사람들은 약속한 듯 한 줄로 걷는다

다시 만나자는 약속은 지키지 못했다
장례식장을 나오며 없는 핑계를 찾아보았다
깨트리고 싶지 않았다

모든 약속을 어기고 다니는 꿈을 꾸었다
가지 않겠다고 다짐한 곳에 가 있었고
보지 말자고 선언한 사람을 만났다
나는 도망치는 중이었다

이렇게 추운 날인데 꼭 만나야 하나요
핀잔을 들었지만 미룰 수 없어서
지금 아니면 지키지 못할 날들이 이어질 것이어서

나는 도망치기 싫었던 것이다

사람들은 건너편까지 횡단하는 행렬을 깨트리지 않는다
달 표면처럼 보이는 저수지를 중력과 싸우며 어기적거리며
미끄러운 약속도 차갑게 식은 약속도
얼음거울에 손가락을 걸며

오늘 같은 날은 절대 안 깨져요
옆 사람이 들으라고 하는 말인지 중얼거린다

오늘 같은 날은 깨지지 않는 저수지가 뜬다

기억흔적

증명하지 못하겠어요

기억을 건네줄 네가 곁에 없어서다
이 벤치에 앉았었다는 사실조차 부정당한다

소나기에 씻겨갔겠죠 함께 묻힌 흔적이라도 남았었다면

내 기억은 정확하다 정확할 것이다 정확한 것일까
미래의 내가 나를 제대로 기억하지 못하리라는 확신은
지난여름을 혼자서는 온전히 복기할 수 없다는 절망에서
탄생했다

기억이 세포에 흔적을 남긴다니요

심장에 상처가 새겨진 듯도 하다 가끔 아프고 가끔 무너져
내리는 것 같고 그러나 희미해지고 아물고 지워지면 그러니까

해변의 발자국이 파도에 쓸려 가면 새벽별이 아침 햇살에 녹아버리면 봉분 올린 무덤이 폭우에 가라앉으면 내게 남아 있는 상흔이 남아 있지 않게 된다면

　나는 잠깐 부풀어 올랐던 거품이었다

　흔적의 흔적이 언제 사라질지 알면 좋겠어요

　벤치는 여전히 공원에 놓여 있고 그래서 나는 약간 무서워요

헌화

여전히라는 말을 건져내어 햇살에 말린다
생생해진다

길이 끝나면 돌아서면 되고

그런 영원들

다큐에서는 춤추는 새가 등장했다
숲속의 구애 의식으로 새들은 떼를 지어 날 수 있다

화초가 가득한 카페였다
이름을 알 수 없는 보라색 꽃

절벽에 핀 꽃을 꺾어 바쳤다는 얘기를 잊고 있었다
요즘엔 꽃이 흔해서라고 생각했다가
무릅쓰고 바쳤다는 서사에 밑줄을 긋는다

엔딩 크레딧처럼 구름이 올라오고 있다

되감기 중일 수도 있다

이유운

시 「도상의 변천」 외 4편

이화여대에서 철학을 공부했다.
『변방의 언어로 사랑하며』와 『사랑과 탄생』을 펴냈다.

도상의 변천

내가 너를 배고 있을 때 많은 책을 읽었다 나는 네가 교수나 과학자가 되기를 바랐다 하지만 산파는 배꼽 아래를 어루만지면서 네가 탁월한 장사꾼이나 멋진 마술사가 될 거라고 했어 실망하는 나의 표정을 보고 산파는 내 볼을 어루만지며 말했지 "울지 말거라 너의 아기는 너에게 멋진 집을 사주겠지 화려한 꽃다발을 훔쳐 오겠지 혹은 아직 없는 것들을 마술로 만들어주겠지"

푸르딩딩하게 부은 내 손발을 주무르면서 부르는 산파의 노래에 나는 태어나지 않은 손발을 상상했지 네가 만들어줄 나의 미래를

무엇 하나 부족함이 없는 남루한 방 종교화처럼 앉아 있는 나와 내 아기

흔들의자에 앉아 네가 태어나 입을 스웨터를 떴다 그래 지금 바로 이 의자 그때 말이야, 허물어지기 직전의 방문이 덜컹거렸다 시끄러운 소리에 배가 흔들리면 나는 어루만지며 "걱정 마 아기야 난파한 신이거나 굶주린 남자일 뿐 성스러운 것

은 이 방으로 들어오지 못한단다" 말을 했지 말했지 한참

　나는 나뿐인 집에 울려 퍼질 울음을 흉내 내어 입을 벌려 보기도 했다 지금은 모두 빠진 나의 이 그건 네가 물려받았지 아가야 나는 네가 우는 게 좋아 내 잃어버린 치아가 모두 네 입에서 제자리에 있는 걸 보고 나는 전율한단다

　아가 저기 창문을 좀 보자 모두 같은 얼굴로 별들이 붙어 서 있다 네가 고요하게 잠들기를 원하고 있지

　흔들의자에서 요람으로 너를 옮겼다

　죽은 것처럼 잠든 아기

　이마를 짚으면 차갑고 여린 살갗이 주는 두려움

　이 방에서는 어떤 것도 보이거나 보이지 않았다

최후의 애도

최후의 애도가 필요한 최후의 최후 장례식에 앉아 있었어
애도에 필요한 예복을 갖추지 않았는데도 아무도 나에게 나
가라고 하지 못했어 내 얼굴이 애도와 꼭 닮았기 때문이지 조
문객들은 수군댔어 어머 저 애 좀 봐, 애도랑 꼭 닮았네 나는
발을 흔들었지 누군가 내 얼굴이 애도와 닮았다는 말을 할 때
나는 그 말에 응답해야 했어 되도록 순진한 행동으로 그래야
애도가 더 슬픈 얼굴로 등장할 수 있었거든 애도는 나를 장례
식장에 복선처럼 심어둔 거지 보다 극적인 등장을 위하여

문이 열렸어 애도가 들어왔지 최후의 애도는 우아했어 애
도 이후의 애도는 없을 것이 분명했지 애도의 검은 우단 드레
스 깃 높고 아름다워 애도는 그 깃 사이로 얇은 목을 꼿꼿하
게 세우고 걸어와 내 뺨을 매만졌다 그가 나를 매만지는 손,
눈물처럼 차가웠어 나는 슬퍼졌지 차가운 손은 곧 소멸로 이
어지므로 애도는 나를 보고 웃었어 그 순간에 애도는 희박했
어, 투명하다고 착각할 만했지

애도는 투명해진 채로 창문을 열었어 쏟아지는 빛 속에서 춤을 추고 물구나무도 서면서 죽음을 추모했어 그가 너무 투명했으므로 화환이 떨어지고 이상한 소리가 들릴 때마다 다들 억울하게 죽은 자의 마지막 몸부림이라고 생각했어 사람들은 이 순간 애도가 필요하다고 엄숙하게 선언했어 그런데 막상 애도는 장례식 한가운데서 춤을 추고 있었지 사람들은 애도가 필요했어 하지만 애도를 기억하진 못했지 기억하지 못하면 애도는 점점 흐려지니까

사람들이 슬퍼하는 척을 겨우 마치고 장례식이 끝났을 때 애도는 완벽하게 투명했어 죽음보다 흐릿했어

유리그릇의 설계자

여기 어딘가
유리그릇을 설계한 사람이 있었다.

유리와 플라스틱을
플라스틱과 유리를

구분하는 것을 잘하는 사람이 있었는데
나는 그를 연인이라고 불렀다

그의 흔적을 손바닥으로 만진다. 길 위에 나 있는 흔적들을.
멀리 가지 못했다. 여전히 석영이 반짝이고 있다. 과자 부스러
기처럼 저 멀리까지 흩어진 반짝이는 것들.

그가 설계한 것들을 상상해본다. 숲처럼 흔들리는 유리그
릇, 그는 그런 것들을 꿈꿨다. 누군가 석영에 발을 베이지 않
도록 나는 치마를 벗어 땅을 감싼다. 흰 치마가 붉은 천에 물

든다. 패잔병의 얼굴 같다.

나는 멈추고…….

비둘기가 날아가고 있었다. 그림자가 졌다. 눈 위로 손차양을 만들었다. 자세히 보니 그것은 비둘기가 아니라 산꼭대기에서부터 굴러 내려오는 유리그릇이었다.

내 발치까지 굴러온 유리그릇

설계자는 나에게 그릇을 내밀지 않았다. 그는 여전히 실종 상태다. 나는 치마를 내버려둔 채로, 맨손으로 유리그릇을 주웠다.

유리그릇은 선물을 받아야만 가질 수 있는 것이었다. 오래전부터 그랬다. 나는 거울 앞에 서서 나에게 유리그릇을 내밀었다.

거울에 유리그릇이 부딪힐 때마다, 그래서 거울 속 내가 유리그릇을 쥐지 못할 때마다 나와 풍경이 멀어지는 것을, 그러

니까 한없이 멀어지는 것을

본다.

사라지고 없는

수면 아래에서 햇빛을 보고 있다. 두꺼운 물을 사이에 두고 있으므로 눈이 멀지 않는다. 물에서 나온다. 이때 내가 아무것도 입지 않았다는 소문이다. 마을까지 걸어오는 동안 젖은 몸이 마르지 않았다는 소문이다. 그렇게 걷고도 한 번도 처형당하지 않았다는 소문이다. 내가 지나쳐 간 마을의 모든 가장자리마다 팥과 소금을 쌓아두었다는 소문이다. 그렇게 하고도 마을의 아이들은 가위를 눌렸다는 소문이다. 내가 신의 아들이라는 소문이다. 내가 신이라는 소문이다. 내가 여자라는 소문이다. 현존과 상실. 맞닿아 있다. 더듬을 수 있을 정도로.

어느 순간 이 소문들이 기록된다는 소문이다.

이 "아니요"는 언제나 "네"라고 대답하는 한 남자에게는 가혹한 것이었다*

사람 사이에서 가장 사람다운 사람이고자 투쟁하는 남자가 있었다. 그는 매일 일기를 썼다. 매일매일 자신의 탄생까지 소급해서 기록을 남기고자 했다. 이른 저녁으로 우거짓국을 먹었음. 우거짓국을 먹기 전에 수업을 들었음. 수업을 듣기 전에 버스를 놓쳤음. 버스를 놓치기 전에 늦잠을 잤음. 늦잠을 자기 전에 자고 있었음. 자기 전에는 깨어 있었음. 여러 사건들을 소급하다보면 빼곡하게 그의 탄생까지 거슬러 올라갈 수 있었다. 그는 마지막으로 '태어났음'을 적고 나서야 일기장을 덮었다.

만들어지지 않고 태어났다. 명백한 사실을 증명해야 했다. 버림받지 않고 누군가 나를 사랑해서, 원해서 낳았다. 그 증명의 목소리가 애달프고 절박해서 기도로 착각할 만했다. 하지만 그는 버림과 사랑이 같은 어원을 가지고 있음을 알지 못했다.

옆구리와 무릎, 귀밑을 벅벅 긁으며 일어섰다. 만들어지지 않고 태어난 사람. 그런 정체성을 잃지 않고, 여전히 사람 중의 사람이기 위해서는 그는 끊임없이 투쟁해야 했다. 그것만이 그의 쓸모였다.

창문으로 거리를 내려다보았다. 탄생까지 소급하는 작업은 매일매일 더 많은 시간이 필요했다. 어렸을 때는 노을이 지기 전에 그 작업이 끝났다. 이제는 새벽이 되어서야 겨우 끝난다.

사람이 한 명도 없는 사거리는 자연스럽고 활기차 보였다. 그는 발가벗고 사거리 중앙으로 뛰쳐나가고 싶어 견딜 수 없었다. 목과 가슴팍이 간지러웠다. 벅벅 몸을 긁었다. 저 사거리에 우뚝 서면 새벽의 유일한 사람이 될 수 있었다. 하지만 그는 옷을 벗는 대신 옷 위로 피부를 계속 긁어내렸다. 거리 사이가 아니라 사람 사이에서 그는 가장 사람다워야 했기 때문에, 그는 인내해야 했다.

새벽 거리가 점점 더 어두워졌다.

창문에 다 담기지 않는 사거리 뒤편에서는 그와 똑같은 얼굴을 한 남자들이 우루루 네 발로 뛰어오고 있었다.

* 모리스 블랑쇼, 『최후의 인간』.

이재훈

시 「하이브리드」 외 3편

1998년 〈현대시〉로 등단했다.
시집으로『내 최초의 말이 사는 부족에 관한 보고서』『명왕성 되다』
『벌레 신화』『생물학적인 눈물』등이 있다.
한국시인협회 젊은시인상, 현대시작품상, 한국서정시문학상, 김만
중문학상을 수상했다.

하이브리드

달리다 보니 무덤이다. 풀은 녹이 슬어 무덤 위에 박혀 있다. 부드러운 바람이 분다. 감옥에선 불길한 추측이 들린다. 불효자거나 강도들이 지천이다. 마녀가 마시는 이슬은 이곳에서 퍼 온 것이다.

냉혹한 수칙이 기계에 가득하다. 철과 플라스틱으로 만든 무덤에서 연약한 성품이 길러진다. 속절없는 계절이 빠르게 지나간다. 인자한 말도 필요 없다. 뜨거운 고통이 없어도 된다.

공포가 없다면 탐닉도 없다. 정숙한 사내를 찾는 시대이다. 아이의 울음이 사라지고 징표가 있어야 사랑을 한다. 치욕이 필수라서 차라리 타인에게 당하는 게 낫다. 스마트폰을 자꾸 쳐다보는 시간이 지겹다.

안전문은 잘 닫히지 않는다. 충분한 것은 없다. 계절마다 옷을 사도 늘 같은 옷만 입는다. 도심의 관청을 들락거리고 업계의 유명인과 사진을 찍는다. 먹고 즐기고 다니는 사진을 찍는다. 인스타그램 구독자는 건재하신가.

처벌을 원하는 사람들이 득실거린다. 추측으로 조롱의 댓글을 단다. 거짓 용서가 여기저기 제출된다. 애걸하는 전화가 걸려 온다. 견디기 힘든 말들이 춤을 춘다. 환상으로 가기 위해 시동을 건다.

돌의 재난사

당신은 어디에서 태어났는지요? 그저 과거일 뿐. 왕궁의 기억도 걸인의 기억도.

땅에 있기 전에는 모두 엄마의 팔에 안겼죠. 돼지우리에서도 웃음을 잃지 않았어요. 당신은 허영이 아니라 좋은 사람이에요.

마구간으로 가는 길을 아시나요? 당신은 궁릉에 있었어요. 길에서 태어나 채찍에 몸이 파였죠. 누구보다 먼저 종소리를 들었죠.

장대한 땅. 끝없는 바다. 모든 공포 속으로 가보았죠. 세상에는 거인이 너무 많아요.

언어가 오염되고 있어요. 착한 언어를 쓰시나요. 솔직해지세요. 모든 통곡에는 이유가 있어요.

시기. 불만. 짜증. 정욕. 고통의 언어를 숨기지 마세요. 위로하고 축복하고 싶으면 가장 나은 것으로 해주세요. 위대한 말은 꿈을 나눠 갖는 것이에요.

이 산지에서 저 산지로. 기쁜 발걸음으로. 어렵고 까다로운 말들 사이에서 온몸을 굴러요. 돌로 돌로 가다보면 침묵을 만날지도 몰라요.

극진

풍랑이 쳤다.

위태로운 물 위에서 휘청거렸다.

간혹 비가 그치면 구원처럼 햇살이 피부를 간질였다.

두려워하지 마세요.

이름을 부르면 뒤돌아보지 마세요.

물기가 마르면 두려움도 없다.

배 위의 시간을 함께 견디는 당신에게

가장 좋은 것을 남겨 주고 싶다.

잠들면서 늘 중얼거리는 말.

살아난다면 살아난다면.

믿는 것은 사람이 아니라 새벽이다.

모든 영혼은 바다에 달렸다.

환란 속에서 선한 피를 뽑아냈다.

사람의 말이 아니라 새의 말을 들어야 한다.

돌고래의 비명을 들어야 한다.

기다리는 건 선포의 말이다.

기다리고 기다렸더니 선물을 받는다.

먹구름 사이로 새어 드는 햇살이 발끝에 닿는다.

바람은 늘 상처보다 먼저 지나갔다.

붙잡으려 애써도 땅은 저 멀리 있다.

기다리지 말고 버림받을 때

새벽의 비명이 들린다.

사이비

제단에 바칠 꽃을 들고 어리숙한 광대의 노래를 듣는다. 능욕의 노래는 감칠맛이 난다. 기타를 치고 나팔을 부는 형제들과 자매들. 유혹하는 상인들의 입술은 까맣게 물든다. 전도자는 모퉁이에서 주섬주섬 악기를 챙긴다. 번영하는 거리와 성난 사람들. 매일 액땜으로 버티는 사무원들. 난파선의 선원 같은 노동자들. 현장은 신의 뜻과 다르다. 노래보다 격정이 앞선다. 마이크를 들고 있는 가죽장갑에서 곤고한 냄새가 풍긴다. 느낌표만 있는 문장. 신발이 가난한 얼굴을 하고 엎드려 있다. 옷에 묻은 사치를 털어내세요. 목에 감은 밧줄을 걷어내세요. 복 받아라. 회개하라. 얼굴에 똥칠을 한 채 설교를 한다. 어둠이 밀려오면 더욱 신랄해지는 광장의 일들. 자기 말에 취한 말들과 취객의 말들이 뒤섞인다.

임지은

시 「가장 좋은 저녁 식사」 외 4편

2015년 〈문학과사회〉 신인문학상을 통해 작품 활동을 시작했다.
시집 『무구함과 소보로』 『때때로 캥거루』, 공저 에세이 『우리 둘이었
던 데는 나름의 이유가 있겠지요?』가 있다.

가장 좋은 저녁 식사

간편식을 전자레인지에 돌린다
알림음과 함께 음식 냄새가 난다

먹는 영상을 보고 있으면
같이 먹고 있는 기분이 든다

꼭꼭 씹어 먹으세요
단백질 섬유질 탄수화물 순으로
이미 알고 있는 것들은
스킵, 스킵 건너뛰고

인간관계 또한 질기다면
부드럽고 하얀 부분만 골라서
김에 싸 먹는다

곁들일 가족 같은 건 없으므로

설탕을 꾹꾹 찍어 먹는다

몇 개 안 되는 그릇을 닦을 때도
브이로그를 본다
화면처럼 세제를 풀고
접시를 닦고 뽀드득 물로 헹군다

뭐가 씻겨 내려가는지도 모르고

차를 마실 땐 ○ 플레이리스트
책 읽을 땐 ○ 북튜브
외출 전엔 ○ 겟 레디 위드 미

혼자지만
혼자를 허락하지 않는 시대

일인 가구를 위한 상품들로 채워진 집 안에서
가장 좋은 저녁 식사는
먹지 않는 것이다

배가 고프면 일찍 잠자리에 들 수 있고
그럼 조금만 살아 있어도 된다

자는 동안 뒤척이는 모습을 녹화한다
아침이 알람을 시끄럽게 건너뛴다

화면 속의 나는 화면 밖 나와 함께 있다

발생설

잘못은 어느 날 발생되었다

아래로 구부러진 숟가락처럼
아무리 퍼 올려도 담을 수 없는 월요일처럼

잘못은 편지를 썼다

자신은 정말 잘못이 없는데
잘못이 없을수록 잘못한 게 된다는 편지였다

그러나 잘못은 웃을 때조차 후추 통을 쏟았다
앞에 앉은 나는 눈물 콧물 다 흘렸다

잘못은 건너뛰는 버릇이 있었다

몇 페이지가 삭제된 이야기엔

구멍이 많아서 읽는 사람은 발이 푹푹 빠졌다

가끔은 잘못을 이해해보려고 딸꾹질했다

마음대로 끝날 수 없는 것이 꼭 잘못 같아서
참는 일밖에 할 수 없는 것이 꼭 잘못 같아서

너나 나나 사람인 것은 마찬가지고
쏟고 어지르고 부서지고
망가트리는 기적을 창출했으니

잘못은 더 큰 잘못으로 진화하였다

유기농 엄마

옆집 아이가 초인종을 누른다
제가 좀 심심해서요

아이는 책상 위에 쌓인 잡동사니를 만지며
뭐에 쓰이는 물건인지 물어본다

신기한 게 많네요

아이는 이 집에서 제일 신기한 것이
자신이라는 것을 모른다

다음 날도 옆집 아이가 초인종을 누른다

이제 아이는 잠이 오지 않는다거나
연필이 부러졌다거나
병뚜껑이 열리지 않는다는 이유로도 찾아온다

아이를 위해 유기농 주스를 산다

방을 환하게 꾸미고 편하게 입을 옷을 준비한다

자고 가는 건 어떻겠냐고 묻는다

찬 바람을 사랑하는 계절이 오고

아이가 더는 놀러 오지 않아

나는 옆집 문을 두드린다

이제 막 잠에서 깼는지

부스스한 얼굴을 한 여자가 문을 열고 나온다

여자가 자신은 아이가 없지만

잠시 들어오겠냐고 한다

여자의 집은 신기할 정도로 잡동사니들이 많다

그중 어떤 것은 갖고 싶지만

아이 없는 집에

머무르는 것이 어색해

그만 가봐야겠다고 일어선다

여자가 마시고 가라며 유기농 주스의 뚜껑을 따준다
갈아입을 옷을 주고 동화책을 읽어준다
머리카락을 빗겨주며 왜 이제 왔냐고 한다

집에 기다리고 있는 사람이 있는 것 같은데
누구인지 기억은 나지 않고
이상하게 눈꺼풀이 점점 무거워진다

이제 그만 집에 가야 하는데
방금 울리는 초인종 소리를 들은 것만 같은데

창문으로 쓰는 여름 시

창밖으로 파란 트럭이 지나간다 짐을 가득 실은 트럭은 한여름 이불처럼 덮개를 덮었다 나는 창문을 뒤로 밀어 지나간 여름 트럭을 불러온다 손가락에 침을 묻혀 천막 아래를 들춘다

뙤약볕과 혼자 도는 운동장
뛰는 그림자를 줍느라 새까맣게 탄 얼굴

이제 창밖에선 여름 분양 조끼를 입은 사람들이 더위를 나눠준다 지나가는 사람들 손엔 부채가 쥐어져 있다 나는 바닥에 떨어진 여름을 주워 와 몸속에 차곡차곡 모아둔다 추위가 이어지는 어느 날 꺼내 보려고

창밖으로 불빛도 보이지 않는 밤이 오면 블라인드를 내려 밑줄을 만든다 이건 한겨울에도 여름 이불을 덮은 시야 배가 차가워지지 않게 살살 문지르는 시야 방충망에 달라붙은 윙

윙윙처럼 되돌아오는 시야

질량을 잃어버린 별처럼 환한 벽이 창문을 열고 들어온다

똑똑

화장실을 청소한다
문을 두드려 사람이 있는지 확인한다

똑똑

대답이 없어 물을 틀고 걸레를 적신다
수도꼭지를 잠그면 몇 방울이

똑똑

떨어진다

이건 물이 내는 소리지만 시에선
문을 두드리는 소리와 같은 소리가 난다

*

제법 똑똑하시군요

네? 그런 소린 처음 듣는다

똑똑하다는 것은 자신이 별로 똑똑하지 않다는 것을

아는 것이 시작입니다

기괴했다

혓바닥에 돋은 꼬리처럼

아무렇게나 둘러업은 희망처럼

아무리 찾아도 나에겐 없는 것

*

뚜껑 달린 쓰레기통을 샀다

뚜껑을 열면 쓰레기가 보였다

닫으면 보이지 않았다

보이지 않으면 없는 걸까?

보이지 않는 것을 있다고 할 수도 없어서
뚜껑을 열었다 닫았다

계속해서
계속해서

이음새가 헐거워졌다
뚜껑이 덜렁거렸다

마침내 무엇인가
내게서
똑
굴러떨어졌다

전영관

시 「서랍」 외 3편

2011년 〈작가세계〉로 등단했다.
시집 『슬픔도 태도가 된다』 『미소에서 꽃까지』 등이 있으며, 산문집
『슬퍼할 권리』가 있다.
토지문학상을 수상했다.

서랍

잊고 싶다는 건
잊히지 않는다는 두려움일 것이다

서랍을 열었을 때
추억이라는 천사가 햇살 같은 음성으로
무엇을 잊고 싶으냐고 물었다

어떤 것부터 선택해야 하는지
꺼내면 영영 사라지는 것인지 두렵다
선택감옥에 수감당한 듯
만지작거리기만 한다

휘감은 팔을 풀지 않은 채로 말라 죽은
풀어주려 손대면 바스러지는 메꽃 넌출을 보며
포기하지 않는다는 말보다
끝까지 간 것들의 감정을 생각해보았다

서랍 안에 웅크린 것들을
집행관인 양 들여다보고 만져보았다
젖은 땅에 발자국이 선명하듯
허약한 것들은 흔적이라는 비명을 가지고 있다
시가 되지 못한 메모들은 찢어버렸다

연기와 바람은 화해가 불가능한 것 같다
서로를 밀치고 넘어뜨린다
독한 것들을 견디고 있었다는 듯이
불을 만나 연기로 속을 털어놓는다
빈 화분에 넣고 불붙였는데
눈이 맵다

단맛

햇살에 빨갛게 시달리다가
단내 나는 포기 상태가 되어야
잘 익었다고 칭찬받는다

사과나무 밑에 은박지를 깔아서
궁둥이까지 빨간 일등급으로 키운다는
과수果樹법을 읽었다
사과는 인간이 징그러웠을 것이다

치유되지 않는 생채기처럼
사과도 안 익는 부분이 있기를 바랐을 것 같은데
반사필름으로 거기까지 익혀버리는
기술이 끔찍했을 것이다

농익었다는 말은
곧 부패할 수 있다는 예고도 되고

나이가 많다는 트집을 숨긴 말이다

시월의 설렘은
말랑거리는 사과파이가 굳는 시간 동안만큼의
시고 달곰한 무엇일 뿐

왜 시를 쓰느냐고
어떻게 지내느냐는 안부 뒤에
제 호기심이 숨겨져 있는 것 같을 때는
시큼털털한 사과를 대접하고 싶었다

태아도 양수의 단맛을 느끼고
신생아도 단맛을 선호한다는데 잊어버리고
지금까지도 그 맛을 찾았다

카페 테라스

봄날의 결막염을 앓는 듯
하늘은 불투명하고 목련의 순백이 어룽거린다
회색이다가도
결국은 하얘지는 구름의 결벽증을 옮아오고 싶어
몇 번이고 심호흡해보았다

꽃 보러 오기에는 이른 시간인지
아침잠 많은 사춘기처럼 열리지 않은 숭어리들이
카페 앞마당에 가득하다
만지면 보송보송할 듯 산들거린다

봄이라며 외부 테라스 탁자에 앉았다가
추워서 들어갈까 말까 망설이는 정도가
내 생활의 번민 따위일 것
회상은
외투의 느슨해진 단춧구멍을 매만지는 일

불쾌한 기억들을 털어내듯 보풀을 뜯으며
어린 연인들에게 미소를 지어보는 일

시집에
'자신이 지은 집에 매료되어
잡아먹겠다는 욕망을 잊은 거미와 동거하는
목련의 실어증에 관한 진료기록'이라는
제목을 붙이고 싶다

테라스 밑에서 바닥을 긁던
고양이 울음이 다 닳아버렸는지
갸르릉거림이 잦아들고 있다

나도 어딘가가 닳고 있다

어죽

혼자 있으면 가구들이 나만 바라보는 것 같아
어죽魚粥 핑계로 당신을 불러냈다
들깻가루처럼 곱게 낡고 싶은 우리는

남 앞에 굽신거릴 때
연체동물마냥 감정과잉은 저지르지 말자고
뒤끝 없이 칼칼한 어죽 맛으로 살자 했다

우리 희망은
우연히 나타난 누군가의 호의 같은 것일 뿐
화려한 날들이란
가사만 기억나서 자꾸만 반복해보는 후렴구
이 봄날의 감정은 지난겨울의 거짓말들이 환생한 것
냉장고 문을 열면 발등으로 흐르는 서늘함 같은 것

안 보이는데 몸을 트는 순간 반짝이는 물고기처럼

돌아설 때에야 보이는 사람도 있었다

세상의 소중한 것들을 모두 배웅하게 된다 해도
웃을 수 있을 만큼 배부르다
배부르니까 기분은 가라앉는다

멀고도 가까운
당신이라는 나라로 입국하는 비자는 미소였다
봄의 뒤꼍에는
겨울잠 깨어나 잠투정하듯이 땅이 젖을 것이다

부족할 걸 알았는지
저 위의 누가 벌건 국물을 서녘에 부어놓았다
노을이라는 추가 서비스

10인 시인의 경이로운 (불)협화음의 매혹 속으로

고명철(문학평론가, 광운대학교 국문과 교수)

1. 세계의 비의성을 탐색하는 시적 모험

경기문화재단에서 주관하는 경기예술지원 문학창작지원 사업에 선정된 10인의 앤솔러지 시집을 손택수의 「귀」를 여는 시로 음미해보자. 시의 화자는 기차 선로에 귀를 갖다 대고 먼 곳에서 달려오는 기차 바퀴 소리를 들으며 점차 근접해진 기차가 소년을 지나쳐 어디로인가 먼 곳을 향해 떠나 보이지 않을 때까지, 그것의 기적 소리가 가뭇없이 사라질 때까지 손을 흔들어주던 자신의 소년 시절을 떠올린다. 그런데 그 손짓은 정작 기차를 향한 게 아니라 소년에게 흔드는 손짓이란다. 시의 상상력은 바로 이 대목에서 우리를 멈 춧하게 한다. 소년이 손짓을 한 대상은 기차가 분명하지만, 시의 화자는 '소년=기차', 즉 소년을 기차와 동일시함으로써 기차가 함의한 시적 진실로 우리를 안내한다.

소년에게 기차는 그의 예민한 청각을 바탕으로 한 온몸 의 감각으로 전이되는 근대의 교통수단 그 이상의 무엇이 다. 미지의 세계로부터 달려와 멀어져가는 기차는 소년에게 낯설고 알 수 없는 세계를 만나게 할 뿐만 아니라 그 세계를 횡단하는 주체가 아닐까. 미지의 세계에 대한 소년의 호기 심으로 선로에 갖다 댄 귀의 청각과 온몸으로 짜릿하게 퍼 져나가는 감각의 통합이 모종의 상상력을 추동시켰듯이, 이 내 근접해오는 육중하고 긴 꼬리가 달린 철 덩어리의 기차 가 눈앞을 빠른 속도로 지나 또다른 미지의 세계로 달려가 는 모습을 보면서 소년은 익숙한 자신의 세계를 벗어나 낯 선 세계와 마주할 자아의 용기를 북돋우고, 그곳을 마주한 자신이 겪은(을) 온갖 상처에 대한 위무 등이 버무려진 심상 을 기차를 향한 손짓으로 나타낸다. 그런데 이 소년 시절의 추억이 지금-여기에 있는 '나'에게 소환된다. 이것은 무엇을 말하는 것일까. 손택수의 「귀」를 앤솔러지 시집의 여는 시로 주목하는 것은 이 시집에 수록된 시인들의 개별 작품이 지 닌 독창적 목소리의 심연에는 「귀」의 '소년=기차'가 함의하

듯, 낯선 세계를 향한 모험적 만남과 그 세계의 비의성을 탐색하는 험난한 도정을 마다하지 않는 시인의 숙명이 자리하고 있기 때문이다. 시인이 시의 대지로 뿌리를 뻗는 순간 시적 상상력의 마술은 「귀」의 마지막 연에서 재현되는 지금-여기의 '나'가 추억의 '소년'을 소환함으로써 부단히 벼려야 할 시쓰기를 성찰하도록 한다.

　　나는 그 자세 그대로 가슴팍에 귀를 대고 멈춰버린 심
　장 박동 소리를 들었다 그 옛날 산 너머 강 너머의 먼 바
　퀴 소리를 당겨 듣던 소년처럼

　　　　　　　　　　　　　　　　　　　　─손택수, 「귀」 부분

2. 세계의 안과 밖의 관계에 대한 시적 감응력

　세계의 안과 밖을 구분하는 것은 뫼비우스의띠가 증명하듯, 식상할 뿐 아니라 물리학적 진리 탐구의 차원에서 과학적이지도 않고 자명하지도 않다. 그렇다고 일상의 구체적 삶의 실재에서 안팎의 구분과 경계에 대한 시적 상상력이 결코 무용한 것은 아니다. 추상적 담론과 자연과학에서의 진리 탐구를 충분히 존중하되, 그것의 구체적 현 상태로

현현된 삶의 실재에서 안과 밖의 관계에 대한 시적 상상력은 그것대로 객관세계의 진리 탐구로서 충족되지 않는 모종의 진실을 시적 감응력으로 드러낸다. 우선, 권민경의 「독」과 김개미의 「엄마의 종교는 소금물」을 살펴본다.

권민경의 「독」과 김개미의 「엄마의 종교는 소금물」이 서로 포개지는 것은 시적 대상을 감싸고 있는 간절한 마음 때문이다. 땅속에 오랜 시간 묻혀 있던 항아리 형태의 옹관묘 안에는 죽은 자의 유품인 뱀 모양의 은팔찌가 있는데, 시의 화자는 그 은팔찌를 보면서 그것을 품고 있던 항아리가 들려주는 "해치지 않는 노래/ 무독한 노래/ 엄마가 어린애한테 불러주고 애인이 씻는 동안 부르는 노래/ 밤/ 밤 밤 노래"(「독」)를 흡사 주술에 걸린 양 중얼거리고 있다. 그리고 어디가 어떻게 아픈지 정확한 병명을 도통 알 수 없는 엄마의 병명을 알고 치유하기 위해 "나는 엄마 대신/ 엄마 신을 찾아가/ 물을 떠놓고/ 밥을 퍼놓고/ 옥수수를 갖다놓았지만" 허사일 뿐, "그래도 우리 집 소금독에는/ 언제나 굵고 하얀 소금이 가득"해서 "소금물에 손을 담그고/ 소금물을 등에 끼었고/ 소금물에 몸을 씻"(「엄마의 종교는 소금물」)는 엄마의 소금물 민간 대증(對症) 치유에는 지장이 없다는 대목이 흥미롭다.

이 두 시는 시적 대상의 안쪽으로 우리의 시선을 붙잡아

둔다. 「독」의 경우 땅속 깊이 묻혀 있는 옹관묘와 그 옹관묘 속 매장품 은팔찌의 객관세계는 겹으로 이뤄진 안쪽을 가리킨다. 분명, 이 겹의 안쪽 세계(땅속과 옹관묘 속)는 우리가 볼 수 있는 세계다. 여기서 우리가 볼 수 없는 안쪽 세계가 있다. 시의 화자가 듣는 옹관묘의 노래는 옹관묘와 죽은 자가 연루된 어떤 깊은 사연의 연원에 닿아 있는 불가시의 안쪽 세계임을 주시해야 한다. 그런데 예의 (불)가시의 안쪽 다중 세계는 영원히 어둠 속에 봉인돼 있는, 사악하고 치명적 독(毒)을 품은 노래가 아니라 "오래 독을 빼고 있던"(「독」) 노래가 바깥 세계와 공명하는 역할을 한다. 「엄마의 종교는 소금물」에서도 안과 밖이 공명하는 시적 감응력을 만날 수 있다. 시의 화자가 얼마나 간절했으면 엄마를 대신하여 엄마의 신을 찾아가 제물을 바치는 민간 제의를 치렀을까. 현대 의학에서 이렇다 할 해법을 찾지 못한 시의 화자가 애타게 찾은 것은 엄마의 신이었고, 그 신의 존재에 매달려 엄마의 치유를 갈구하고 싶은 애달픈 심정이야말로 불완전한 인간 존재의 심연에서 실낱같은 희망을 붙잡으려는 비장한 삶의 모습이다. 그런데 이 비장함은 집에 있는 소금독에 소금이 가득하여 엄마의 민간 대증 요법에 지장이 없다는 웃음으로 전도된다. 그리고 화자의 내적 정동은 순간 엄마의 이러한 삶의 실재와 조우하면서, 시쳇말로 '웃픈' 시적 감응력을 자아낸다. 왜냐하면 현대 의학의 실효성 여부를 떠나 마음껏 소금물 치유를 할 수 있다는 데서 누구보다 안도할 엄마와 이 모습을 지켜보는 딸의 기쁜(?) 마음 저편에는, 어쩔 수 없이 이러한 민간 대중 요법에 종교처럼 기댈 수밖에 없는 서글픈 심정도 함께 있기 때문이다.

이처럼 세계의 안과 밖의 관계에 대한 시적 감응력이 노국희의 「근린공원, 5 am」에서는 여성 노숙자의 삶의 풍경 속 단면에서 순간포착되고 있다. 한 여성 노숙자가 근린공원에서 아침을 맞기 전 간밤의 잠자리를 정리하는 도중 "그녀의 한 손에/ 들린 기내용 트렁크가 벌어"(「근린공원, 5 am」)지면서 물건이 쏟아져 나온다. 트렁크 안에서 쏟아져 나온 물건의 구체적 세목(細目)은 알 수 없다. 하지만 그 물건들은 '그녀'의 삶에 깊숙이 연루된 것이므로 간난한 노숙자의 현실에도 불구하고 '그녀'의 세계로부터 축출할 수 없다. 노숙자로서 '그녀'의 삶과 현실이 마냥 지속되지 않을 것이라는 낙관적 전망을 저버리지 않는다면, 트렁크 안의 물건들이 존재해야 할 이유는 물론이고 '그녀'의 삶과 분리할 수 없는 그 물건들의 가치를 비하할 이유도 없다. 트렁크 안과 밖의 모든 존재는 노숙자가 힘겹게 살아가야 할 존재 이유들이며, 노숙자의 삶을 지탱해주는 가치이기 때문이다.

3. 인간 존재의 현존과 성찰의 대상으로서 흔적

흔적 없이 완전히 소멸하는 게 가능할까. 지워지는 게 아니라 허공으로 깨끗이 증발함으로써 그 어떤 잔존과 잉여를 송두리째 비워버리는 게 가능할까. 그리하여 '완전한 무'인 뭇 존재의 시원으로서 창조의 영점(零點)으로 회귀하는 게 가능할까.

> 잘못은 어느 날 발생되었다
>
> (중략)
>
> 너나 나나 사람인 것은 마찬가지고
> 쏟고 어지르고 부서지고
> 망가트리는 기적을 창출했으니
>
> 잘못은 더 큰 잘못으로 진화하였다
>
> —임지은, 「발생설」 부분

심장에 상처가 새겨진 듯도 하다 가끔 아프고 가끔 무너져 내리는 것 같고 그러나 희미해지고 아물고 지워지면

그러니까 해변의 발자국이 파도에 쓸려 가면 새벽별이 아
침 햇살에 녹아버리면 봉분 올린 무덤이 폭우에 가라앉으
면 내게 남아 있는 상흔이 남아 있지 않게 된다면
　나는 잠깐 부풀어 올랐던 거품이었다
　　　　　　　　　　　　　　—윤의섭, 「기억흔적」 부분

　흔히들 잘못이 일어나면 잘못을 감추거나 아예 없애버리
고 싶기 마련이다. 실수든 의도적인 것이든 잘못은 그것을
일으킨 당사자의 윤리에 잘못만큼의 자국을 남길 뿐 아니라
타자와의 관계에 상처를 남긴다. 그런데 아이로니컬한 것은
인간이 발생한 잘못을 매만질수록 잘못이 낸 자국과 상처는
"더 큰 잘못으로 진화하"듯, 잘못의 생리는 그것에 대한 기억
과 판단과 실천의 도정 속에서 소멸하기는커녕 성찰의 대상
으로 진화한다(「발생설」)는 것이다.
　이처럼 성찰의 대상으로서 흔적은 인간 존재의 '있음'을
자기확인하는 결정(結晶)이다. 따라서 흔적은 인간 존재의
본원적인 것 외의 군더더기 또는 그것의 희부윰한 이미지
가 아니다. 심장 건강에 이상이 없더라도 간혹 통증을 동반
한다는 것은 평소 인지하지 못했던 생명으로서 '나'의 존재
의 '있음'을 확인하게 되는바, 해변의 파도에 '나'의 발자국
이 쓸려 가고 새벽별이 아침 햇살에 사라지고 폭우에 봉분

올린 무덤이 삽시간에 가라앉는다는 것은 '나'의 존재가 흡사 "잠깐 부풀어 올랐던 거품"(「기억흔적」)에 지나지 않는다는 소멸과 다를 바 없는 두려움에 사로잡힐 것이므로 흔적은 인간 존재의 또다른 본원적인 것이다.

흔적에 대한 이러한 시적 성찰은 이유운의 「사라지고 없는」에서 '현존과 상실'에 대한 시적 재현으로 나타난다. 시의 화자 '나'의 출현과 마을에 이르는 길에서 퍼진 기이한 소문들, 특히 '나=신의 아들=신=여자'라는 소문은 '나'의 본원적 자아를 에워싼 흔적들이듯, 시의 화자는 '나'의 현존과 소문(흔적)의 상실이 맞닿아 있는 시적 전언을 타전한다. 그렇게 인간 존재는 현존하는 것이다.

수면 아래에서 햇빛을 보고 있다. 두꺼운 물을 사이에 두고 있으므로 눈이 멀지 않는다. 물에서 나온다. 이때 내가 아무것도 입지 않았다는 소문이다. 마을까지 걸어오는 동안 젖은 몸이 마르지 않았다는 소문이다. 그렇게 걷고도 한 번도 처형당하지 않았다는 소문이다. 내가 지나쳐 간 마을의 모든 가장자리마다 팥과 소금을 쌓아두었다는 소문이다. 그렇게 하고도 마을의 아이들은 가위를 눌렸다는 소문이다. 내가 신의 아들이라는 소문이다. 내가 신이라는 소문이다. 내가 여자라는 소문이다. 현존과 상실. 맞닿아 있다. 더듬을 수 있을 정도로.

어느 순간 이 소문들이 기록된다는 소문이다.

—이유운, 「사라지고 없는」 전문

4. 조종의 노래와 신생/재생의 노래, 그 경이로움

이재훈의 「사이비」는 가짜들이 남발하는, 그래서 무엇이 진짜이고 가짜인지 좀처럼 구분하기 힘든 삶의 현장에 대한 날 선 비판을 수행한다. 무엇보다 이 시에서 눈여겨볼 것은 시인이 주목하는 우리 사회의 사람들을 열거할 때 쉼표로 연결하지 않고, 마침표로 분리된 채 마치 악보의 스타카토를 연상하듯 그들을 병렬하고 있다는 점이다. "기타를 치고 나팔을 부는 형제들과 자매들. (중략) 번영하는 거리와 성난 사람들. 매일 액땜으로 버티는 사무원들. 난파선의 선원 같은 노동자들."(「사이비」)에서 목도할 수 있듯, 시인이 호명하는 사람들 사이에는 어떤 (불)연속을 함의하는 휴지(休止)도 없어 어떤 관련성 자체가 부재하는, 그렇게 개별화되고 사회적 관계가 철저히 차단된 채 각자 자신들의 입장과 이해관계에만 충실하고 있음을 겨냥한다. 여기서 주시하고 싶은 것은 시인이 이러한 광장의 풍경을 "제단에 바칠 꽃을 들고 어리숙한 광대의 노래를" 들으면서 비판적 냉소의 시선으로 응시하고 있다는 점이다. 시인에게 "자기 말에 취한 말들과 취객의 말들이 뒤섞"이는 "느낌표만 있는 문장"이 떠도는 광장은 시적 상상력의 제의(祭儀)로써 조종(弔鐘)의 노래를 들려주고 싶은 곳이다. 달리 말해 시인에게 이 광장은 신의 복음과 진실의 언어와 숭고의 노래 대신 이것들을 가장한 사이비의 언어와 노래가 소음으로 그득한 불순한 것투성이의 현장이다.

그래서일까. 김안의 「만물」에서는 이 암울하고 불순하고 퇴락한 것에 대한 은유로서 지난밤의 폭우가 마을 곳곳을 할퀴고 간 공포스러운 수마(水魔)의 상해들이 전경화(前景化)돼 있다. 하지만 시의 화자는 수재의 현장에 주저앉거나 낙심하지 않는다. 간밤 폭우에 마을의 피해는 극심하여 시의 화자의 시각을 압도해버릴 만큼 수마에 대한 두려움을 쉽게 떨쳐낼 수는 없으나 신생의 기운을 후각으로 감지한다.

응달 속에서 풀잎 냄새가 올라와.
때론 시간은 두꺼운 베일 같아서 당신을 볼 수 없지만,
나는 그 너머에서 풍기는 당신의 손목 냄새도 맡을 수 있지.
봐, 푸른 풀잎 위에 가만히 누우면

나는 아주 잠시 당신의 손목을 움켜잡을 수도 있어.

—김안, 「만물」 부분

수재의 풍경들 사이에서 신생의 푸른 기운은 "풀잎 냄새"
로 풍겨와 생명은 다시 이어지고, 세계는 살아 있는 존재들
이 재생하고자 하는 신생의 욕망을 꺾을 수 없다. 이와 관련
하여, 재생이 함의하는 '다시'는 어떤 것이 되풀이되는 속성
도 띠지만, 이전 것과 똑같은 게 아니라 변화한 세계에 대해
창조적으로 적응하면서 이전의 존재보다 한층 성숙하고 진
전된 새로움을 지닌, 말하자면 '차이 속의 반복' 그 경이로운
속성을 지니고 있음을 상기하고 싶다. 이 경이로움은 전영
관의 「어죽」에서, "뒤끝 없이 칼칼한 어죽 맛으로 살자 했다"
는 어죽 특유의 미각과 연루된 삶의 성찰로 다가온다. 그리
하여 시의 화자에게 '희망'과 '화려한 날들'과 '봄날의 감정'
은 이와 연관된 삶의 숱한 사연들과 필요 이상의 '감정과잉'
이 수반되는 것과 거리를 둔, "누군가의 호의 같은 것"이며,
"자꾸만 반복해보는 후렴구"이고, "지난겨울의 거짓말들이
환생한 것"이고, 어쩌면 이런 것들과 전혀 무관할 수도 있는
"냉장고 문을 열면 발등으로 흐르는 서늘함 같은" 그런 자연
스러운 일상의 순간이 전이하는 시적 감각일 따름인지 모를
일이다. 이것이야말로 일상의 둔감한 상태로 지나쳐버리곤

했던 삶의 경이로움이 아닐까. 그래서 "멀고도 가까운" 일상의 삶이 저물어가는 저녁의 서녘 노을을 어죽에 빗대는 시인의 노래는 어죽 특유의 풍미를 자아낸다.

> 부족할 걸 알았는지
> 저 위의 누가 벌건 국물을 서녘에 부어놓았다
> 노을이라는 추가 서비스
>
> —전영관, 「어죽」 부분

앤솔러지 시집

시간은 두꺼운 베일 같아서 당신을 볼 수 없지만

초판 1쇄 인쇄 2023년 11월 7일
초판 1쇄 발행 2023년 11월 17일

지은이 권민경 김개미 김안 노국희 손택수
　　　윤의섭 이유운 이재훈 임지은 전영관

편집 신정민 정소리 | 디자인 윤종윤 이주영
마케팅 김선진 배희주 | 저작권 박지영 형소진 최은진 서연주 오서영
브랜딩 함유지 함근아 고보미 박민재 김희숙 박다솔 조다현 정승민 배진성
제작 강신은 김동욱 이순호 | 제작처 천광인쇄사

펴낸곳 (주)교유당 | 펴낸이 신정민
출판등록 2019년 5월 24일 제406-2019-000052호

주소 10881 경기도 파주시 회동길 210
문의전화 031.955.8891(마케팅) 031.955.2692(편집) 031.955.8855(팩스)
전자우편 gyoyudang@munhak.com

인스타그램 @gyoyu_books 트위터 @gyoyu_books 페이스북 @gyoyubooks

ISBN 979-11-92968-63-6 03810

교유서가는 (주)교유당의 인문 브랜드입니다.

이 책은 경기도, 경기문화재단의 지원을 받아 발간되었습니다.